The Sunflower and The Sun
El Girasol y el Sol

Written and
Illustrated by
Maribel Acosta

Escrito e Ilustrado por
Maribel Acosta

Special Thanks

To José, Andrea Mariel y José Enrique,
for always being there for me.
To my parents Dioni and Veveya
for inspire the love for reading and the love for nature.
To all the children around the world!
Happy Reading!

Dedicatoria

A mi familia por creer en mí.
A Jose, Andrea Mariel y Jose Enrique por su infinito apoyo.
A mis padres Dioni y Veveya
por inspirarme el amor por la lectura
y por la naturaleza.
A todos los niños del mundo.
¡Que viva la lectura!

Dancing with the wind a little sunflower had only one wish: "I want to reach the sun".

Bailando con el viento un pequeño girasol solo tenía un deseo: "Quiero llegar al sol".

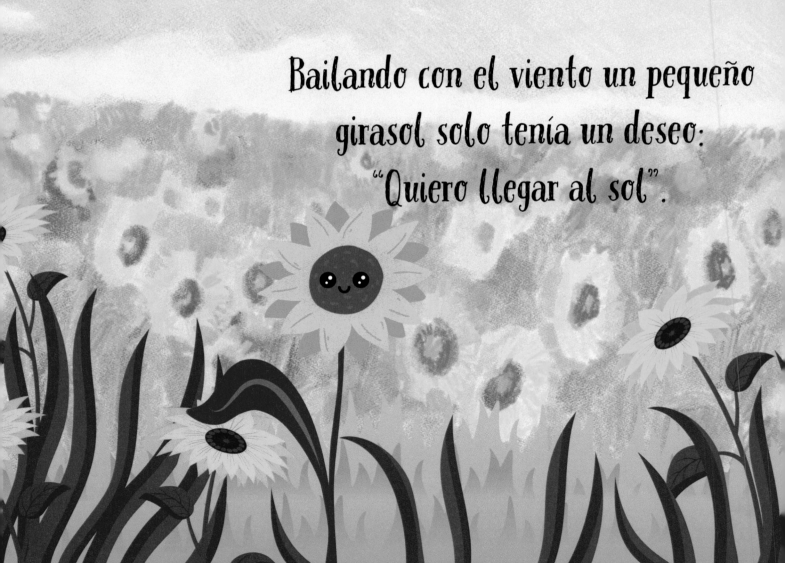

Left, right,
left, right
dancing from side to side.

Izquierda, derecha,
izquierda, derecha
bailando de lado a lado.

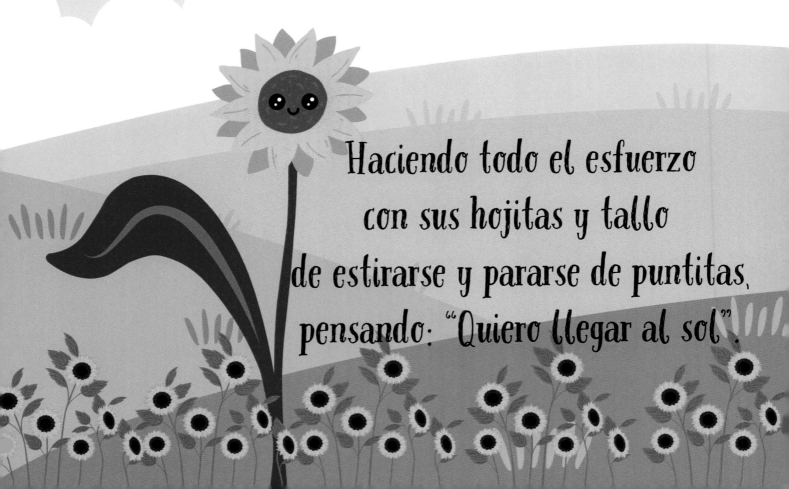

Making all the effort
with its leaves and stem
of stretching and standing on its tiptoes,
thinking: "I want to reach the sun".

Haciendo todo el esfuerzo
con sus hojitas y tallo
de estirarse y pararse de puntitas,
pensando: "Quiero llegar al sol".

The sunflower grew and grew,
taller than the other sunflowers
nearby.

Crecía, y crecía
más alto que los girasoles
que estaban a su lado.

Until one day,
the other sunflowers asked:

Hasta que un día,
los otros girasoles
le preguntaron:

"Why do you want to reach the sun?
The sun is so far,
the sun is too hot".

"¿Porqué quieres hacer eso?
El sol está tan lejos,
el sol está tan caliente".

The sunflower said:
"because of the brightness of its rays
that wake me up every
morning, coloring my petals".

El girasol les respondió:
"por el brillo de sus rayos,
su brillo me despierta cada
mañana, coloreando cada uno de
mis pétalos".

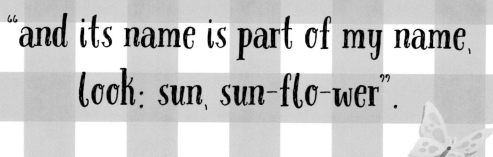

"and its name is part of my name,
look: sun, sun-flo-wer".

"y su nombre y el mío riman
con melodía:
Sol, Gi-ra-sol".

With each passing day it grew and grew.
Until one day, it couldn't grow any more.
The sunflower was so close to the sun
and said:

Cada día que pasaba crecía, y crecía.
Hasta que un día no pudo crecer más.
Estaba tan cerquita del sol y dijo:

"I can't reach you sun
no matter all my efforts".

"No puedo llegar a tí sol,
a pesar de todos mis esfuerzos".

The sun saw the sunflower, became aware of what was happening and felt very emotional.

El sol vió al girasol, se percató de lo que pasaba y le dió mucha emoción.

and displayed an intense ray
of light that reached its heart.

y desplegó un rayo intenso de luz
que llegó a su corazón.

and said: "You don't have to reach me to know how important you are to me".

y le dijo: "no tienes que llegar hasta aquí para sentir cuán importante eres para mí".

"It doesn't matter the distance that separates us, I am always close to you".

"No importa la distancia que nos separa yo siempre estoy cerca de ti".

And the sun took two of its
brightest rays,
extended them and gave the
sunflower a big hug.

Y el sol tomó dos de sus
rayos más brillantes
los extendió y le dió un
gran abrazo.

Reminding the sunflower that distance
is not important and get shorter
when true friendship and love exist.

Recordándole que la
distancia no importa
y se acorta
cuando la amistad y el
amor existe.

The Sunflower Life Cycle

The first step is to plant the sunflower seed. After about ten days, the seed germinates and it gets its roots. The Sunflower plant grows and a stem with leaves will develop. The plant continues its growth and for this, it needs sunlight, the nutrients of the earth and water. As it continues to grow, its characteristic flowers emerge with their petals. Sunflowers will face the sun as they grow. Sunflowers can grow to be as tall as 3 meters.

El Ciclo de Vida del Girasol

Lo primero es la siembra de la semilla del girasol. Cuando la semilla germina crecen sus raíces y le van saliendo un tallo con hojas. La planta continúa su crecimiento y para ello necesita la luz del sol, los nutrientres de la tierra y agua. Al seguir creciendo saldrá un botón de flor y luego salen las flores con sus pétalos. Cuando los girasoles crecen van siguiendo la dirección del sol. Las plantas de girasoles pueden crecer hasta 3 metros de altura.

The Fall Season

The fall season is my favorite season, it begins the third week of September and lasts until the third week of December. During this season the leaves of the trees begin to change and display new colors such as yellow and orange.
Also, during the fall season, temperatures drop, and weather is mild and pleasant, ideal for the growth of many plants.

La Estación de Otoño

La estación de otoño es mi estación favorita, comienza la tercera semana del mes de septiembre y dura hasta la tercera semana del mes de diciembre. Durante está estación las hojas de los árboles comienzan a
cambiar y desplegar nuevos matices en colores como el amarillo, y el anaranjado así como diversas tonalidades entre esos dos colores.
También durante la estación de otoño las temperaturas bajan, y el clima es agradable, ideal para el nacimiento y crecimiento de muchas plantas.

The Sun

The sun is a star that provides light to the earth. It is located in the center
of the solar system. The Earth, our planet, revolves around the sun,
completing a full revolution once every 365 days.
The sun is at a great distance from the earth.
Dawn begins when the sun appears in the early hours of the morning on the horizon,
and dusk occurs when it is setting.
The sun is necessary for plant growth.

El Sol

El sol es una estrella que provee de luz a la tierra.
Está ubicado en el centro del sistema solar. La Tierra, nuestro planeta gira alrededor del
sol y le toma 365 días completar una vuelta. El sol está a una gran distancia de la
tierra. Hablamos de amanecer cuando el sol
está apareciendo en las primeras horas de la mañana
en el horizonte y de atardecer cuando se está ocultando.
El sol es necesario para el crecimiento de las plantas.

About me

I am so happy that you are reading this page because I am going to share a little about myself with you. I have always believed that our children are the future of our society, and that is why feeding and nurturing their brains from a very early age is super important.

Every page we read in a book encourages curiosity, creativity, and the development of oral language in our children.

I am a psychologist by profession and an educator by career and by heart.

When my children Andrea and José Enrique were little

I wanted to give them every opportunity to learn, and

something that was always done in our home was reading books every night before going to sleep.

I believe that those minutes when we read to our children are magical, because they transport them to worlds that they visit with their imagination and create pieces of knowledge that they interconnect over and over again.

As we read, we create unique experiences for them.

As a bilingual teacher, I understand that stories need to be engaging for our little readers. I hope this book helps you with your child's reading journey.

Maribel

Acerca de la Autora

Que alegría me da que estes leyendo esta página porque te voy a compartir un poco de mí. Siempre he creído que nuestros niños son el futuro de nuestra sociedad, y por ello alimentar y nutrir su cerebrito desde una edad muy temprana es super importante.

Cada página que leemos de un libro fomenta la curiosidad, la creatividad, el desarrollo del lenguaje oral en nuestros niños.

Soy psicólogo de profesión y educadora de carrera y de corazón.

Cuando mis hijos Andrea y José Enrique estaban pequeños,
quería brindarles todas las oportunidades de aprender y
algo que siempre estuvo en nuestro hogar fue leer libros todas las noches antes de dormir.

Creo que esos minutos que leemos a nuestros niños son mágicos los transportan a mundos que visitan con su imaginación y crean conocimiento que van interconectando una y otra vez.

Al leer vamos escribiendo experiencias únicas para ellos.

Espero este libro sea para ustedes un granito de arena para empezar a desarrollar las destrezas de lectura en sus niños.

Maribel

"I want to reach the sun" said the sunflower, a story that
helps us understand all the emotions we can experience
while trying to reach our goals and dreams.
A story that emphasizes that distances do not exist in the presence of
true friendship and love.
My hope is that this book generates conversations around these topics.
The book also describes the sunflower life cycle, the fall season and the sun.

"Quiero llegar al sol", dice el girasol, un cuento que nos ayuda a entender las
emociones, que podemos experimentar al tratar de alcanzar nuestras metas.
Una historia que también resalta que las distancias no existen cuando
hay una verdadera amistad.
Espero este libro genere conversaciones importantes acerca de estos tópicos.
También en este libro están incluidos
explicaciones de qué son las rimas,
el ciclo de vida del girasol, la estación de otoño y el sol.